KB056058

허물어지는 마음이
어디론가 흐르듯

이세화
2016년 『시작』을 통해 시인으로 등단했다.
시집 『허물어지는 마음이 어디론가 흐르듯』을 썼다.

파란시선 0065 허물어지는 마음이 어디론가 흐르듯

1판 1쇄 펴낸날 2020년 9월 26일
지은이 이세화
디자인 최선영
인쇄인 (주)두경 정지오
펴낸이 채상우
펴낸곳 (주)함께하는출판그룹파란
등록번호 제2015-000068호
등록일자 2015년 9월 15일
주소 (10387) 경기도 고양시 일산서구 중앙로 1455 대우시티프라자 B1 202호
전화 031-919-4288
팩스 031-919-4287
모바일팩스 0504-441-3439
이메일 bookparan2015@hanmail.net

ⓒ이세화, 2020, printed in Seoul, Korea

ISBN 979-11-87756-77-4 03810

값 10,000원

허물어지는 마음이
어디론가 흐르듯

이세화 시집

살아서 만나요

어떤 시절을 견디고 넘친 말들의 흔적과
빛의 얼룩만 남은 채로

차례

시인의 말

제1부 누가 오늘을 기억할 것인가

기질 — 11

말씀 — 12

아가씨 — 15

경계 — 20

10월 — 23

환생 — 25

밤의 호수 — 27

안구건조증 — 29

신기루 — 31

거인 — 33

제2부 손을 맞잡은 아이들의 목 안으로 밤이 차오른다

속기 — 37

대결 — 38

뉴페이스 — 40

물감 — 43

부정교합 — 46

오늘의 풍경 — 50

춘곤증 — 52

플라스틱 러브 — 53

처음으로 나를 사랑하기 위해서였다 — 56

제3부 크림은 죄와 같은 속성이다. 무엇을 짜든 크림은 나온다.

믿음의 풍경 - 61

수채화 - 64

상담 시간 - 66

크림 - 68

사진 - 70

모르는 일 - 73

해독 - 76

면(面) - 78

꽃자리 - 80

서정 - 82

과조(寡照) - 84

제4부 백색소음

화분 - 87

만남 - 90

백색소음 - 94

역사 - 96

선인장 - 98

우울한 봄 - 101

회귀 - 104

다면체 - 106

라지의 엄마 - 108

바가지탕 - 110

제5부 영원히 잊지 않을게, 같은 말은 하지 않기로 하자

인간의 숲 – 115

수은 – 117

미래에게 – 119

편지 – 124

해설

이찬 감각의 현시와 다중 초점의 풍경들 – 125

제1부 누가 오늘을 기억할 것인가

기질

입을 벌려야 할까 입을 다물어야 할까
시청 입구의 큰 붕어는 하루에도 몇 번씩 고민을 한다
그게 오래된 고민이었다는 것조차 계속 잊는 듯
무엇 하나 뱉지도 삼키지도 않는 입질을 계속했다

입을 벌렸다가
입을 다물었다가
혀를 내밀었다가
말아 넣었다가

말을 하기 위해서가 아니라
무게만큼이나 짓눌리는 액체의 부력을
친화적으로 견뎌 내기 위해서

붕어는 정확한 발음이라는 걸 하려다 말았다
살아남기 위해서
평생을 불행함에 몰입했다

턱의 기억이
사라진 지 오래다

말씀

사랑해요

이 말은
누구에게도 하는 말이 아닌
허공에 뿌리는 말

텅 빈 복도 끝에
정오의 빛이 쏟아지고
아이들이 흘리고 간 먼지 사이로
반짝이는 눈망울들이 바닥에 구르고 있어

숫자를 세는 것이 무의미할 정도로
많이, 많이

고요한 네 목소리가
내 울음과 뒤섞일 때의
그 거룩함

흔한 등짝을 가진 네겐
그 어떤 위로도 해 줄 수가 없구나

젖은 머리카락 사이로 들려오는
친구야, 그 말은 참 슬픈 이야기였어

다 참을 수 있었지만
추운 건 정말 참기가 어려워
계절은 왜 자꾸 돌아오는 걸까?
늑골이 창 사이 바람처럼 몸을 떨잖아

아이들의 웃음과
같은 숨결로

창문 끝에 집을 매달았던 나는
파리해진 입술을 매만지며
눈빛들이 사라지는 해거름이 되어서야
운동장 수돗가에 누워 몸을 적신다

엄마, 아빠,
저는 맛이 없는 물이라도
건강에 좋다고 하면
꼭꼭 씹어 삼켜요

사랑하니까요

아가씨

0

아가씨, 몇 살이야
아가씨, 이것 좀 내려 줘
아가씨, 이것 좀 잡아 줘
아가씨, …… 해 줄래?

1

아가씨, 애먼 사람 잡지 말고
이리 와 봐 눈먼 사람
속 뒤집어 놓지 말고 저 문을 열어
거기 보면 와이프가 남겨 놓은
낡은 약통이 있어 淨化라고 쓰여 있는
안에 약이 있을 거야 갈색 캡슐 보이지
그래, 유두같이 생긴
그걸 먹어 응, 한 번에
온갖 성병을 예방하는 비약이지
개수는 많아도 부드럽게 넘어갈 거야 녹으면서
속을 깨끗이 해 주는 거야

이 세상 마지막 남은 순결
지금이 아니면 소용이 없어
내 사랑, 순진한 아가씨
미혼이면 처녀 맞지? 창녀 아니고
에헤이, 이리 와 봐 그러니까
이 약으로 말할 것 같으면
세계에 하나밖에 없는 거야 지금의 너처럼
그러니 어서 사랑의 묘약을 먹고
나를 네 안에
담아 줄래

2

그건 제 이름이에요
성은 없고 이름만 있어요
취하지 않아도 가끔은
자기가 되기도 해요 우리 자기
금방이에요 저에겐
타인의 우리가 되고
애인이 되는 게

어려운 일이 아닙니다
조금만 덜 울고 잘 웃으면
팔고 있지 않아도 잘 팔려요
일종의 사랑이겠죠
사랑을 받으면
감사합니다, 해야 해요

3

비가 온다고 해서 들어왔어요

한 번도 젖은 적 없는 자리에 앉아
같은 이름의 언니들 입술을 만져요

어떤 날은 그랬어요

　　　언니, 오늘은 나가지 말아요
　　　하늘엔 잿빛 구름이 가득하고
　　　곧 비가 쏟아질 것 같아요

밖이 환히 보이는 투명한 방에서
밖을 보지도 않고 말했어요 겁도 없이

언니들은 제가 무엇이든 간에 말을 하면
어떤 날은 대답을 해 주고
어떤 날은 모르는 척을 해요

말하지 않아도 사실 다 알고 있어요
우리들 사이에도 있죠 영정처럼 서 있는
저 투명한 벽들 말이에요

어깨를 들썩이며 파랗게 젖어 가는
이불 속 저 언니는 이름을 잃어 버렸대요
살고 싶진 않지만
언니들이 죽는다고 하면 싫어요

언니,
비 오는 소리가 들려요
소리에는 살갗이 없어서
헐지 않아요 그래서 난 좋은데

빗방울 떨어지는 소리

경계

늪은 살아 있어요
밥알과 섞인 물풀들 사이에서
들린다고 했잖아요
푸르고 깊은 목소리
명료하게 떨어지는 자음과 모음
가끔씩 숟가락 위로 묻어나는
담백한 숨소리 나와는 반대의
얇고도 단단한 껍질

그 목소리는
물에 가까워지는 중이에요
바다가 꿈인 나와 닮았죠
하지만 내 안엔 마른 모래만 가득해
목 안에서는 하얗게 질린
고래가 죽어 가요
체온이 없죠 평생 헤엄도 못 쳐
쓸데없는 지느러미를 스치는
아가미 바람 휘날리는 납 가루
기침이 멈출 날이 없네요 때문에
이따금 늪을 한 숟갈 크게 삼킵니다

영양가는 없지만 무거운 성분이
속을 바닥 끝까지 가라앉게 해 주니까요

잘하면 무언가 될 수 있다고 믿은
한때가 있었어요
따라가지 말았어야 했죠 죽어도
애도 아니고
아무리 씻어도 닦아지지 않는 세계
이젠 몸을 담가 버려서
체념하려고요 이곳은
축축하게 젖은
어둠이 도사리고 있죠
이곳은 물과 육지의 경계
울창한 습지식물들 사이로 보이는
저 멀리 수평선

저물어 가는 하늘이
그 위로 후드득 쏟아져
얼룩을 새기고

너무 외롭다고 느껴져
순식간에 불을 껐죠
눈을 감았다는 이야기예요
목이 막혀
젖은 김 뭉치를 마시니까
여긴 바다가 아니야
짠물에선 나무가 살 수 없는 걸
하지만 저건 나무가 아니야
저건 사람…… 이곳은 천국……

10월

누가 오늘을 기억할 것인가
매미가 사이렌처럼 길게 울고
나는 네가 살아 있는지 확인해 보았다
두려움 아래에 사랑이 있다는 믿음으로
숨과 맥박을 뒤적인다
숨 아래, 저 멀리 들려오는
바람과 틈이 부딪히는 소리
방파제 사이에서 들려오던
바다의 휘파람 같다며 웃었던 소리
살아서 새어 나오는 것들에 스치며
문 앞에 걸어 놓은 풍경은
손님도 없이 오랫동안 울었다
모든 풍경은 계획되어 있었다
이 별이 태어난 순간부터
계속 밀려나고 있을 뿐이었다
투명한 창 위로
파도와 사람들이 뒤섞인다
해변에는 끝나 가는 여름의 옷자락이 남아
떠나지 못하는 사람들이 있었다
수평선을 바라보며 입을 벌리면

탁자는 점점 한쪽으로 기울어지고
허물어지는 마음이 어디론가 흐르듯
나는 점점 어두워진다
열린 창 사이를 비집고 들어오는
방 안 가득 일렁이는 낯선 영혼들이
네 몸 안에도 서서히 넘쳐흐르고
오래된 시간이 가리키고 있는 건 무엇인가
끝없이 가라앉고 있는 먼 곳은 무엇인가
온몸이 성대가 되어 파르르 떨린다
기억을 계속 잃는 걸 보니
다시 태어날 때가 되었구나
고개를 숙이게 된다
잘 모르는 것들에게

환생

개들이 자살하는 절벽이 있다고 했다
우리는 말없이 텔레비전 속 화면을 보고 있었다

"이것은 루머입니다.
 개들의 관념에는 미래가 없습니다.
 개들은 현재만을 살아갑니다.
 닥치지 않은 것에 비관하지 않습니다."

동물행동학자가 말했고
다리를 지나던 개 한 마리가
폭포를 향해 뛰기 시작했다

꼬리를 흔들면서

쏟아지는 폭포는
개의 이빨처럼 하얗게 변해 가고

텔레비전 속 전문가는
완성된 문장을 뱉는다

"사실관계에 유의하세요
 이 이야기는 제보자의 슬픔에 의한
 과잉 해석일 것입니다"

흔들리는 다리를 뛰어가며 개들은 딱 한 번 울었다
평생 없던 주인이 저 너머에서 부른 것처럼

수백 마리의 들개가
폭포가 되는 광경이었다

밤의 호수

우리는 호수에서 본 괴물을 밤이라고 불렀다

빛이 없어도 수목원 안은 언제나 따뜻하고
따뜻한 곳에서 반복되는 일은 마음을 편안하게 한다

인공 열대림에는 아이만 한 나뭇잎이 가득 자라났다
누군가 숨어 있어도 모를 커다란 잎이 흔들리면서
서늘한 이마를 번갈아 스치는 그림자가 있었다

호수 위의 마른 열매들은
해삼처럼 몸이 부풀어 오르고

끝이 보이지 않는 구멍이 눈앞에 일렁였다
우리는 수목원에 살았을 밤에 대해 오랫동안 생각했다

"이곳은 밤이 있기 때문에 맹수가 살지 않지"

그 애가 입을 열자,
사라진 사람도 없이 호수가 넘쳐흘렀다

익숙하게
이 광경을 내려다보던 나무들은
이달에 피어날 꽃을 몸속에서 살해했다

우리는 모두 보았지만 사실은 볼 수 없었다

아무도 소리 내지 않아
소란스러운 밤이었다

안구건조증

옆으로 누우면 눈물이 쏟아져
병원에 갔더니 잠을 너무 못 자서
안구건조증에 걸렸대
염증 때문에 눈 속이 부어서
눈물의 흐름이 좋지 않대
눈물의 흐름은 뭘까?
물어보고 싶었지만 의사 선생님은 바빠 보였어
간호사가 열어 준 문밖에는
아픈 눈을 품고 있는
많은 사람들이 대기 중이었거든
진료실에서 나오는 나를
한 명도 봐 주지 않더라고
그중에는 눈 주위가 짓무른 사람도
눈알이 새하얀 사람도
눈이 없는 사람도 있었어
처방전을 받아 병원을 나서며
계속 생각해 봤어
눈물의 흐름이 좋지 않다는 건 뭘까
누가 봐도 무너졌어야 했을 시간에
칭찬받을 만큼 잘 견뎠기 때문일까

눈물의 시기를 벗어났기 때문일까
안과는 마음을 치료하는 곳이 아니라
다 털어놓을 수는 없었지만
그동안 내 안쪽에는 알게 모르게
좋지 못한 것이 고여 있던 거야
울어야 할 때 울어야 하는데
그냥 옆으로 누울 때 눈물이 나
매일 눈이 부었어
약국에서는 이건 불치병이나 다름없으니
강한 빛은 피하고
인공 눈물을 자주 넣어 주래
하루에 적어도 세 번씩
밥을 먹듯이 매일

신기루

우리는 거짓말을 한다
같은 테니스 스커트를 입고
서로의 어깨를 두들기며
한참 이야기하다가
팔짱을 끼며 한쪽 발끝으로
바닥을 두드린다 톡톡

베이지색 스타킹이
종아리 뒤쪽으로 빛을 반사하고 있었다

우리 반대의 색으로 짝을 맞추자
너는 하얀색 나는 검은색
그게 뭐야, 너무 흔하잖아
하지만 친해 보이고 싶은 걸
창문에 비춰진
뒷사람 표정 못 봤어?
차라리 네가 의자를 해
내가 의자 아래 그림자를 할게

우리의 마주 잡은 손끝으로

작은 맥박이 오간다
계절 내내
아무도 몰래 키워 나간
꿈이 새어 나가고 있었다

용서할 수 없다면서 너는
왜 이렇게 친절한 거야
입을 가리고 웃는다

지켜보려고
어떻게 되나

쿵 하고 눈을 떠 보니
아득한 건 다 사라진 학원 자습실
수업 시작쯤에 문 알사탕이
입천장을 허무는 중이다 더욱 완벽하게

가만히 창밖을 보던 앞자리 애가 말했다

"사실……"

거인

혹여나 있었다

오래 비에 젖은 글자들이
까맣게 목젖을 넘어오고
저 구멍가게 간판처럼
한숨에도 거미줄이 걸려 있는 날이

그리고 장마가 시작되었다
누군가가 물통에 물을 담듯
세상에 물줄기가 쏟아지고 있었다

천장에서 들려오는 소리에 맞춰
이명 속에도 물이 가득 채워져 간다

그 사이로 들려오는

출석부 안에서 죽은 친구의 이름을 찾다가
무릎을 발꿈치로 세게 차며 마비 놀이를 하다가
강물에 빠져 민물 장어와 눈을 마주하다가

들었던 고함 소리

꼬리가 여러 개였던 날이 있었다고
확신이란 걸 하고 나니
마음이 편해진다

잠이 들수록
눈앞이 환하다

저 멀리에서 다가온 북극곰이
어떤 내장을 건네주었다

그건 내 목숨이었다

제2부 손을 맞잡은 아이들의 목 안으로 밤이 차오른다

속기

나는 당신을 아주 빠르게 받아 적는다
잘 보이지 않는 모습과
잘 들리지 않는 말이 있었지만
이것은 예비의 착상이었기에
모호함은 크게 신경 쓰지 않았다
가볍게 넘기며
어떠한 점과 글자들이 지나가고 기록이
너무 빠른 나머지
스케치를 하듯이
당신은 이제 선 하나로 설명이 된다
추상적이다 피카소의 소처럼
나는 당신을 아주 잘 알고 있다고 안도한다
당신은 당신이 아니게 되었지만
전부라고 해도 무방하다
당신은 지긋지긋하게도
거의 모든 곳에서 생겨나고 있다
당신은
나의 신이다

대결

편하다고 생각했는데 들켜 버렸지 네가 무서운 표정을 지어도 겁먹지 않았던 이유 깡이 좀 세졌냐? 묻는 너를 뒤로한 채 화장실에서 벗어날 땐 웃었지만 거짓말 사실은 형상을 눈 밖으로 맺고 있었단 걸

한동안 행복했었다 밖에서 일어날 일들로 속이 다칠 일은 없잖아 소문난 울보가 눈물이 마르다니 칠판에 적힌 것을 받아 적을 때만 울었다 하품하고 얼른 눈물을 닦았어 그래서 여러 번 피를 봤지 증명하기 위해 계속 밟히면서도 끝까지 눈을 안 깔았고 살았고 잘 살았고

강해졌다는 것은 이런 기분일까 알림장이 점점 하얗게 비워지는 동안 스스로 내는 상처는 늘어났다 어제는 현관문에 손가락이 뭉개졌지 기절할 것처럼 소리를 지르는 엄마 파상풍 주사를 맞고 안과에 끌려갔다 너보다 큰 글자도 못 읽으면 어떻게 하냐며 모르는 아저씨가 잘 보이지 않는 풍경 사진을 한참 보여 주더니 무기를 만들어 주었다

내 눈보다 훨씬 커다랗게
영화에서 듣던 기계 소리를 내면서

시선 끝마다 보이는 은빛 무기, 칼날, 이러려고 파상풍 주사를 맞았나 금속을 몸에 지니고 다녀야 해서 어른들은 항상 나를 나보다 먼저 준비시킨다 가장 중요한 게 면역이라니까 내게도 곧 생길까 치욕이 익숙해지는 날 아프지 않고 강해지는 날 어른이 되는 날 좋아질 것을 상상하며 계속 막내의 모빌을 쫓았다 눈앞의 모빌들이 흐릿하게 멀어지며 떠나가고 저쪽에서 다가오고 있다

선명한 네가

코앞으로 다가와 이 정도면 눈이 먼 것이나 다름없지 않냐며 안경을 툭툭 건드리는데 아이들도 풍경도 없는 교실에서 따뜻했던 바다 냄새를 생각하다가 눈을 깔고 책상을 내려다본다

보이지 않는 눈을 더 멀어 버리게 하려고 열심히 빛을 굴절시키고 있는 손가락보다 두꺼운 안경알이 오늘따라 멋져 보이고

뉴페이스

"미술에는 명암이 중요하고 사진을 찍을 땐 빛이 중요
하다"

내겐 같은 말로 들리는데
그 애는 전혀 다른 이야기라고 했다

이미 일어난 일을
숨기는 것과 보여 주는 것의 차이라고

빛이나 그림자 같은 것보다
물감 냄새가 더 힘든 것 같아, 대답하며
셔터를 눌렀다

그사이 그 애는 렌즈 안에서 사라지고

내게 실망한 걸까?
다정한 그 애가 단호해지면
나는 눈앞이 캄캄해진다

쉬는 시간이 다 가도록

카메라에 코를 박고 계속 사과했다

　　　미안해, 정말 미안해

빈 교실을 떠도는 동안
렌즈 안에 잔뜩 낀 먼지가
빛을 반사시키고

천장에서 꺾여 들어온 빛이
목을 매달고 손짓을 하기도 했다

늘어난 시간을
말없이 견뎌 내는데

커튼 뒤에 숨어 있던
그 애가 말한다

　　　친구끼리는 거짓말을 하지 않아

렌즈 밖으로 나오자

모두가 처음 보는 얼굴이었다

물감

비밀이었는데

무엇이든 딴 애들보다 하나 더 있으면
꼭 네게 자랑하고 싶었거든

네가 그린 끔찍한 자화상처럼
내 이도 엉망이라는 걸
같은 걸 보면 웃을 줄 알았는데
말하는 게 아니었나 봐

아, 징그러워
전염되는 거 아니냐

그림과 내 입안을 번갈아 보던
네 눈을 본 이후로
계속 꿈을 꾸었다

혓바닥 위로 이가 가득 자라는 꿈을

며칠 동안 말없이 잘 웃지도 않으니까

엄마가 나를 다그치기 시작했고
맞을 각오를 하고 울면서 입안을 보여 줬어
그 길로 병원에 가서 차가운 침대에 누웠지

이가 이미 세 개나 빠져 있었는데
더 빠질 이가 있다니
벌써 노인이 된 건 아닐까

죽을 때가 되었다고 하면
네가 다시 상대해 줄까

눈물 뭉텅이를 입에 물고
미술 준비물을 챙기는 내게
엄마가 말한다

아가, 엄마한텐 비밀도 다 말해야 해

여러 가지 색깔 덩어리를
팔레트 칸마다 덜어 내며
응, 응, 했다

삼키지는 못하고

부정교합

정오에 달리기는 가혹하다
사람도 짐승도 등을 맞대고 몸을 무겁게 하는 시간
한낮에 깨어난 벌로 원형 운동장을 도는 동안
게양대 끝에 쌀알처럼 매달린 너를 본다

나무 하나를 지날 때마다
흔들리며 멈춰 가는 바람
네 이마 위로 천천히
촛농처럼 굳어 가는
햇빛

나쁜 꿈을 꾸곤 해 그래서
너를 마주치는 날은 밤을 예측할 수 있다
어제는 네 이마 위를 달렸다
숨이 차면 바닥에 주저앉아 그림자를 부쉈다

밟고 있는 곳이 어디인지 까맣게 잊은 채로
머릿속에 너는 점점 더 커져 가고

내가 사랑하면 엄마는 화가 나

그 처량한 노래 좀 끌 수 없냐고
나쁜 꿈을 꾼다는 건 네 탓이 아니야
사랑도 견딜 수 있을 만큼만 해야 하는데
엇갈린 뿌리를 내리고 있어

휘어지듯 자라나 마음이 마음대로 되지 않는 일
슬픈 팔을 휘두르며 희망을 반복하는 일

선을 넘었지, 그건
나만의 문제인 걸

헤엄을 치듯
생각하며 숨을 쉬는 동안
게양대는 점점 가까워져 오고

라디오에서 흘러나오는
한 번도 들어 본 적 없는 노래를 부르듯
나도 모르게 너를 불러 본다

그때마다 턱은 사방으로 흔들리고

혓바닥 위로 하얗게 떠오르는 설탕
발간 점막 사이로 차오르는 그늘

입 주변으로 모여드는 떠돌이 이름들이
나를 향해 고개를 돌리는데

목 아래까지 흥건해진 내게
마음속 신은 말했다

너는 짧은 꿈을 꾸고 있을 뿐이라고
견디지 못할 시절을 지내는 것처럼
네게 잘 맞는 몫은 없다고

내게로 휘어 오던 빛이
서서히 몸을 펴고
젖은 얼굴 위로 뛰어드는
민들레 씨앗의 노래

　　우리의 그림자는 반대 방향으로 길게 뻗었지
　　하나의 빛이 서로의 등을 비출 수도 있다는 걸 알

앉네

환한 등을 등지고
끝없는 그림자 속으로 계속 달렸다

곧 사라질 연기처럼
이 시간 헤어질 연인처럼

오늘의 풍경

오늘은 하늘이 유난히 높아서
꽃과 탈진이라는 단어를 생각한다

주머니 속에 그 단어들을 넣고
오랫동안 굴려 본다

두 단어가 부딪히며
산산이 떨어지는 꽃잎

얇게 깔린 졸음이 흔드는
꽃나무 아래 연인들

꽃은 죽었다

아니,
꽃잎 아래 투명한
숨이 떨어지지 않고 붙어 있잖아

서로 귓바퀴를 만지며 젖어 가는
연인들의 대화를 뒤로한 채 걸었다

골목 끝에는 나보다 큰 무화과 열매가 자라나고 있었다
손가락처럼 얇은 뱀 그림자가 발등을 지나고

손끝이 까맣게 익어 가는 오늘은
다 자란 문장이 훨훨 날아가 버리는
어떤 날과는 다르다

앙상한 개가 다가와
오랫동안 손을 핥아 주었지만

이것은 약이 될 수 없고
봄과 어울리지도 않는다

그저
풍경을 믿는 수밖에

춘곤증

"날씨가 너무 좋으니까, 속이 울렁거린다.
토할 것 같아."

꽃들이 피기 전에 너는
나에게 하얀 것들을 늘어놓았다

네 말은 다른 나라의 언어처럼 들렸다
잘 이해가 가지 않아 손등을 입에 물고
녹고 있는 바닥에 아이스크림만 바라보았다

온기가 전해지는 채로

우리 정말 사랑할 수 있을 때 이야기하자는
다짐 같은 것을 하고
한 해가 지났다

따뜻해져라, 기다리는 사람 마음도 모르고

봄은 멀고
네 말이 밀려온다

플라스틱 러브

이름을 불러 주면 나가요
그동안 손톱을 기르고
매니큐어도 칠했지
당신이 좋아하는 어른처럼
반쯤 입에 들어갔지만
상관없어, 그동안 들이킨
나쁜 피보단 낫지
하나, 둘,
굳어 가는 혀끝으로
셋, 넷,
알콜 맛 색깔들을 세어 본다
숫자를 세는 동안
당신이 열중하고 있는 건
그다지 감동적이지 않은 문장들로
세계를 만들어 가는 일
나는 박수를 치면서 크게 웃죠
손과 성대가 부딪히며 내는 소리들
공기 중에 퍼져 가는 파동
술잔 위에 머무는 겹겹의 원형들
당신은 아는 게 많아서 외롭지

나보다 나에 대해 더 잘 알고 있잖아
딱딱해진 혀를 만져 볼까
다치게 하진 않을게
녹아내리지 않을 만큼 달아오를게
이번엔 당신이 말해 줬으면 좋겠다
아껴 줘 제발 너무 많이 하면
뜨거워, 녹아 버리잖아
하고 싶은 말이 많았지만 잘 참았고
무슨 말을 해도 결론은 났지 오늘은
사랑한 적 없는 우리가 헤어지는 날

당신이 떠나간 자리에서
얼굴 없는 아이가 노래하네

  우리는 죽음을 기다리는 카나리아
  방랑을 연대하던 날개의 흔적을 지우고
  들새처럼 눈물 없이 울어 봐
  우리가 살아온 하늘엔 이미
  우리의 자리가 없지

아이는 축하해, 축하해, 말하고
쏟아지는 박수갈채를 피해 달리며
몸속으로 소리를 지를수록 메아리가 돌아온다

아이야,
이제 우리를 도울 수 있는 건 없단다

처음으로 나를 사랑하기 위해서였다

내 팬티에서 네 불알 냄새를 맡았다
발아래로 별이 가득 박혀 있는 한밤의 비행기 안이었다
나는 오랫동안 화장실 안에 갇혀 있던 공기를 들이마시며
지난날 동네 구멍가게에 두고 온 정오를 생각한다
차양 막에 쌓인 먼지를 쓸어내리며
바람은 가끔 넘쳤고
내부는 흔들리고 있었다

파충류의 살을 유린한 적이 있는가
문 없는 냉장고의 눈은 이 동네에서 가장 밝은 빛이다
물병에 붙어 있던 도마뱀이
손등 위에서 화상을 입는 동안
누군가 꿈이라고 말해 주었다
이 세계와 풍경을 견디지 마라
죄는 눈먼 바람을 따라 유목하는
다리가 긴 짐승이다
이 사이로 새어 가는 바람에 손가락을 넣고
도둑의 노래를 연주한다
곧 겪어 본 적 없는 비가 올 것이라 했다
물줄기가 하늘에서 쏟아지면

땅은 더 깊어질 것
세상에 비밀이 더 많아질 것

구름이 지난다
유통기한이 지난 우유 너머로 멀리
시린 공기가 닿지 못하는
저 국가, 지상 위의 사람들
살아서 아름다운 사람들

행선지를 묻는 사람들에게 천국에 다녀온다고 하였지만
살아서 별보다 높은 곳에 설 일은 없다
사라진 자들만이 그리운 마음
미래를 끌어와 사는 것 같다
스치는 것에 익숙해져야 한다
사랑한다고 빛을 다 담았다면
우리는 금방 터져 버리고 말 것이다

무너지는 척추뼈를 지나
밀려오는 꽃가루
밀실로 사라지듯이

빛을 지우는 긴 머리카락을 밟으며
입을 벌리고 자는 사람들 위를 걸어가는데

이곳은 아름답고 어린 땅
지상은 살아 있는 것들이 가득한
꿈보다도 더 꿈같은 세계

이 하늘을 넘어가면 낮과 밤이 없어진다지

다리 사이에 고인 솜바람
잔잔히 가라앉는 네 목소리

습한 살냄새 눈앞을 가리고
폐 속에 모아 온 사람들이 늪처럼 뒤섞일 때
나는 어머니가 갓 지은 밥을 덜어 내듯
한쪽 가슴을 덜어 내면서
한 번도 마주한 적 없는
내 아랫도리의 모습을 상상해 보는 것이었다

제3부 크림은 죄와 같은 속성이다.

무엇을 짜든 크림은 나온다.

믿음의 풍경

─이 방에서 오른쪽으로 돈 빛이 같은 방향으로 당신의 몸속을
 돌고 있다 당신과 나는 다른 공간에 있지만 두 빛은 하나임이
 분명했다 당신은 내게로 오고 있다고 말했다 빛의 눈동자가 흔
 들리기 시작했다 나는 방문을 열어 바다 너머로 빛을 내보낸다
 방 안에서 태어난 빛이 더 큰 빛의 산란 속으로 멀어지는 동안
 당신의 몸속에선 물이 끓었고 숨을 방해하는 아득함을 느꼈다

도로 위에 흘리는 눈물이 많아질 때마다 별을 생각한다
죽은 생물이 별이 된다는 거짓말 때문에
사람들은 영원처럼 살아가기 시작했다

망자들이 살아온 삶의 제목을 짓는 동안
파도에 밀리듯 아버지와 멀어졌고
강 건너 죽은 고양이를 묻어 주지 않았다

먼저 떠난다며 계단을 내려간 사람들은
바다 한가운데처럼
이름을 잊었다

마리아상이 일어날 때부터 잠이 들기 전까지
이곳의 해는 수평선에 계속 걸쳐 있다
세계의 숨이 요동치는 창을 바라보면

바깥의 온도가 안쪽까지 들이차 오른다

"알고 있어? 우리는 세계의 그림자일 뿐이래"

오랫동안 곁에 따라붙던 아이가
진리를 속삭이는 동안에도
새 이름을 짓지 못했다

풀뿌리와 눈동자가 무성하게 흔들리는 이곳에서
내가 할 수 있는 것은
내게서 나온 얼룩이 빛으로 돌아가는 동안
시차를 맞추기 위해 계속 손짓을 하는 일

기침을 하고 나면 얼음이 씹힌다
불을 먹어야 할까, 부엌으로 가 보니
바닥에 늘어진 가족들
머리카락이 둥둥 떠 있는 채로

나도 온 마음을 다하고 싶었어

시간이 지날수록 자라나는 그림자
물에서 태어나 물로 돌아가는 꿈
우리의 삶이 수면의 흔적일 수 있다는 믿음
모든 건 오해되었다, 그러나 누가 나를 탓하겠는가

슬픔은 이겨 내야 하는 것이 아님을 알아내기까지
수도꼭지를 잠그며 다시 모르는 척을 한다
부서지는 파도 끝, 세상보다 커다란 저 바닷속으로

수채화

창문을 열었다

반 시든 장미가
정오의 바람을 맞으며 몸을 편다

꽃은 어제보다 조금 자라 있었다
뿌리를 잃은 지 이틀째지만
줄기가 여위도록 자라났다

    이곳은 살아 있을 때와는 달라
    있던 것들이 사라져도
    아무도 아프지 않지

그것 참 다행이구나, 대답을 하며
천천히 병 안으로 들어간다

반투명 유리병 안으로
길고 얇은 빛이
통과하고 있다

병 안엔 어둠이 가득 차 있고
흔들리기도 하였다

소리 없는 이 풍경이 불편하면
물을 섞으면 되겠다

한껏

상담 시간

왜 그렇게 매일 울어?

처음 보는 사람 앞에서
똑딱거리는 초시계를 앞에 두고
결론지었다

남몰래 하는 건 다 습관이다
혼자 있는 방에서 말이 많아지는 것도
초침처럼 벽에 머리를 박는 것도
웃는 것도 우는 것도

참으면 병이 된다며
혼자 끙끙 앓지 말고
다 털어놓으라 하는데
사각거리는 연필 끝에 말했다

저는 괜찮습니다
이제 그만 쓰세요
연필 끝이 점점 닳아요

혼자 있을 때처럼
가늘게 웃어 보았다

한 시간마다 울리는 시계는
끝을 위해 처음 자리로 달려가고
책상 아래에 손을 넣어
교수님이 책장에서 내어 주신
작은 유리 모형을 만지작거린다

먼 이국에서 왔다는, 그리워하는 병에 걸린
강아지 모형이 파랗게 몸을 꺾어
나를 바라본다

널 닮아 참 귀엽구나, 라던 교수님 말과
강아지 모형의 까만 사팔뜨기 눈이
허공에서 동그랗게 뒤섞였다

내 손의 온기로
위로받았다

크림

—크림은 죄와 같은 속성이다. 무엇을 짜든 크림은 나온다.

오래된 크림빵을 먹다가
가슴을 한쪽씩 주물러 보았다
숨에 흔들리는 미열이 습도 있는 빵으로 부풀어 오른다
손에 힘을 주고 천천히 발음해 본다 **마지막**

축축하고 단 거 냄새가 사방으로 퍼졌다

요 며칠 앞이 잘 보이지 않는다
병원에서는 눈을 너무 혹사시켰다며
되도록 밝은 곳을 피하라고 말했다

　　　녹아내리듯 보이는 건
　　　빛의 잔상일 뿐이라고

많이 자고 일어나면 괜찮아질 거라는 의사의 말이 시적
이라고 느껴졌다
　살색 안연고의 점성만큼이나 매일 눈이 뻐근했다

눈을 깜빡일 때마다
성냥불 켜는 소리가 났다

실내는 날씨와 상관없이 따뜻했다

창밖에서 담장이 녹아내렸다 이 또한 날씨와는 상관이
없었다

따뜻한 곳에서는 균이 잘 자란다 예언이 형상으로 번식
하는 것처럼 부르지도 않은 것들이 자꾸 생겨났다

주고받은 것 없이 손을 자주 씻었다

몸이 차가워질 때면 가슴을 한쪽씩 주물러 본다

주먹을 쥐는 자가 잡히는 자와 한 몸일 때에는 아무리
힘을 주어도 무섭지 않다

손을 씻고 뒤를 돌자

죽은 그 애가 내 입을 보고 말한다 **구멍**

먹은 만큼 토했다

※구멍은 제조 공법상 크림 주입을 위해 있는 것입니다
포장은 품질 보존을 위해 질소 충전하였습니다

사진

이곳은 사람이 살지 않지만
하나의 흔적으로 모이는 공간이다

길눈이 어두운 사람이나
옷을 자주 갈아입는 아이들이 오고 가는 동안
투명한 창은 소리 없이 계절을 넘기곤 했다

빛이 적고 밤이 긴 한겨울에도
머리에 머리를 쌓으며
선인장은 진화해 가고

속이 빈 철제 의자에는
사람들이 잃어버린 온도가 남아 있어서
손독 오른 약병아리처럼
몸이 닿기만 해도 소리를 질렀다

발톱이 휘어진 동물 너머로 마주치는
모래 소리, 거대한 사막

셔터 소리가 나면 시간이 멈춘다

공기 중으로 촘촘히 박힌 빛이
눈을 흐릿하게 한다

그때마다 벽에 있던 그림자가
후두둑
바닥에 떨어지고

앙상한 나무 위로
하얀 얼음 가루는 계속 쌓여 가는데

눈 오는 하늘 아래에 산 자와 죽은 자의 온도가 빛으로 퍼
질 때
살아갈 수 없는 곳에서 숨 쉬고 있는 우리는
자꾸만 먼 나라에 대해 이야기를 하게 된다

잠시 눈동자가 섞였던 우리가 이곳을 떠나면
또 다른 삶을 견뎌 내야겠구나

창밖의 눈발은 더욱 거세어지는 동안에도 우리는
서로에게 아무것도 할 수 없다

가장 먼 세계가 이곳에 있는데

자꾸만 외면하고

무심해지려 하면서

모르는 일

살갗을 용서하지 않을 것처럼 긁었다
피가 송골송골 맺혀 가는 가슴팍
사실은 용서하지 않기 위해 긁었다

한심해 한심해 계속 말을 하면서

먼지처럼 날아가는 각질을 내려다봤다
더러워라고 말하는 맞은편 할머니의
경멸하는 눈빛과 함께

나의 죽은 세포
내가 죽인 나

알레르기가 생긴 건 사춘기가 지나고였다
먼지로 시작해서 갑각류 동물까지
나도 모르는 사이에 바뀌어 버린 내 안의 면역 체계

몸의 주인이 내가 아니란 걸 알게 된 이후
나는 자꾸만 죽음의 순간을 재현한다

밀려오는 졸음이 끝나지 않는다고 생각해 봐
세포로 환원하는 분열을 상상해 봐
꿈 없는 잠 끝에 다음이 있을까
정말로 우리가 다시 모일 수 있을까

이 몸 안에 모인 이 유기물들과
아버지와 어머니의 세포가

살아온 세계가 모래처럼 흩어진다고 상상하면
새롭게 시작해, 사랑을 동경해, 창밖에서 들려오는 유
행가
여자아이들이 뛰어다니는 노래는 슬프게만 들리는데

가슴을 문지르면 거품이 일어난다
뼈 사이 디스크처럼 우리들 사이에도 무언가 있다고 믿
게 되고

떨어지는 것도
바닥에 있는 나에겐 파도야

이건 피부가 하는 이야기

사라져 가는 나에게

●새롭게 시작해, 사랑을 동경해: 「너 그리고 나」 가사 중.

해독

빗소리가 들려서 창가에 갔다
건물이 무너지고 있었다

바닥에 구멍이라도 난 것처럼
산산이 사라지는 도시

그 집 꼭대기에는
책가방보다 작은 초등학생과
무당 믿는 할머니도 살고
우리 집을 훔쳐본 아저씨도 살았는데

무너지는 신음이나 건물 소리가 창을 넘을 때
눅눅해진 김 뭉치를 퍼먹으며 나는
굳어 가는 어깨를 남몰래 부서뜨렸다

먼바다 해조류가
한 칸짜리 방 안을 흥건히 통과하고

아름다운 것에 대해 생각해 보지만
건물을 둘러싼 나무나 배 속에 식물들이나

허무는 향기는 똑같다는 걸 느낀다

사라진 건물 아래로 모여드는 사람들
공터만 있으면 뛰어다니는 아이들
그 주변에 주저앉는 어른들

맞은편에서 뛰어다니는 다리가
앉아 있는 다리와 포개질 때마다
위장이 조금씩 커진다

식물에 독주를 붓는다
손바닥 위로 무너지는 햇빛을 본다

면(面)

지금은 중요한 시기야

입안에 콜라가 따뜻해지자 네가 말했다

괜한 겁을 먹었구나, 안도하며
입속에 스푼을 넣어 돌렸지
혓바닥 위로 소용돌이를 만들어 보려고

멀리서 물 흐르는 소리 같은 게 들려왔지만
아무 일도 일어나지 않았다

액자에 어둠이 차오르고
크리스마스 전등이
하나둘 켜져 간다

이곳에서 걸어 나가는 당신과
몸 안으로 휘어 들어가는 나

바닥이 찰랑거리는
컵 안이 따뜻해지고 있다

어지러웠지만
이곳은 어두워서 다행이다

꽃자리

내가 사랑한 건 까마귀였다

할머니는 깨를 볶아 대야에 담았고

고양이는 거기에 똥을 쌌다

신이 일하지 않은 돼지의 긴 코를 잘랐다

오빠는 자르지 않은 연근을 던진다

등 굽은 검은 염소의 호흡이 무너지면

검불은 어김없이 타오른다

입술 색이 같은 여고생들이 떼로 몰려오자

자궁 속에서 밤나무가 자랐다

은하수가 유성의 닻을 애만지고

매미 위에 기름공이가 꼬깔춤을 추자

가을 햇덧에 서리병아리가 태어났다

씨 없는 처녀땅은

살꽃 한번 못 피우고

흉터 같은 그늘만 솟아난다

떠돌이 여자의 몸이고 싶다

●'애만지다'는 '소중히 여겨 어루만지다', '매미'는 '여성의 성기', '기름공
이'는 '남성의 성기', '꼬깔춤'은 '성교'를 뜻한다.

서정

내 안에 우물이 있다는 사실을
당신은 하얗게 믿지 않았고
나는 속을 환히 열어 보여 줄 수밖에 없었다
놀란 당신은 뒷걸음질을 치다가
크게 마음을 먹은 듯
무언가 덜어 주곤 달아났다
네가 준 파편은 가을 내내
내 환하지 않은 자리에 뿌리내리며
온종일 속을 간지럼 태웠다
그것은 네 웃음소리와 같은 속성인지
작은 낙엽 바람에도 흔들렸다
가슴팍을 벅벅 긁어도 그 감촉은
손가락 사이에 흘러 남았고
밤이 오면 그 무더기 안쪽에서
수많은 벌레들이 기어 나와
온몸을 헤집고 다니는 터에
사방으로 괴롭기도 하였다
그렇게나 사나운 계절이 가고
내 안에 온 세상 아래로
매운 꽃이 핀다

다 핀 꽃이 설익어 보이는 건

아득한 기운에 취해

태양 볕이 해(害)가 되는 줄도 모르고

온몸을 태워

재가 되어 떨어지려는

천진함 때문

봄이 오고 꽃이 필 때쯤이면

당신은 또 어김없이 내 속을 보러 왔고

매운 향기에 헐거워진

얇고 연한 살을 내보이며

파르르 꽃을 털어 내는 내 기척에 놀라

발갛게 물드는 네 아랫니가

참 어여쁘기도 하였다

과조(寡照)

너는 어쩜 눈이 이렇게 기니
감은 눈 위로
알록달록 색깔을 칠하며
네 성병에 대해 침묵했던 그 시간
자, 봐봐 하고 손거울을 건네자
너는
바닥에 반사된
한 뼘 정도의 빛에
가만히 손을 대어 본다
곧 죽을 병아리처럼
꾸벅꾸벅 졸다가
이젠 좀 괜찮아진 것 같다는 너
그랬니, 그랬니, 대답하다가
다 담지도 못할 말이 쏟아져
내 살에 도로 붙였다
삶을 놓아 버린 사람에게
대화는 중요하지 않았다
도대체 뭐가 괜찮은 건데, 같은 말은
배 속에서
산산이 찢어 두기로 한다

제4부 백색소음

화분

술 마실 때마다 부풀어 오르던 사랑니를 뽑고
집으로 돌아와 네 생각이 났다

전화를 걸까 했지만
앙상해진 산세베리아를 보며 고개를 숙였다

네가 선물한 산세베리아
내가 사랑한 산세베리아

다 시들어 버린 그것을 버리려 하자
식물을 좋아하는 어머니는
정성을 다해 식구를 늘려 주었지

네 것의 자식과
자식의 자손들까지

우리 집 거실에서 새파랗게 태어난
밤마다 우리 가족을 내려다보는
네 식구들, 파란 식구들

호흡은 파랗게,
더 파랗게 물들어 가고

나의 가난한 밤일은
손톱만 한 잔돌과
몇 마디 말을 주워 오는 것

네 뿌리 사이에 손가락을 넣어
깊숙이 찔러 넣는 것

하지만 아무도 죽어지지 않았다
갈 곳 없는 불쌍한 것 거두어 줬더니
흙구덩이를 파낸다며 고양이만 혼이 나고

네 허리춤 주변으로 작은 무덤만 늘어났다
그 모습을 보며 헤프게 웃었었지

산세베리아,
꽃을 피워 낸 산세베리아

산세베리아 푸른 발아래
손가락을 넣어
부서진 사랑니와 닮은
조각돌을 꺼내 본다

우리 집에서 너는
나보다 더 잘 자라는구나

혼잣말을 하며
밥알 같은 핏덩이를 씹어 삼키며
물고 있던 솜을 찔러 넣었다

턱 아래로 서서히
뿌리의 자리가 밀려오기 시작했다

만남

소리가 다가온다
입이 벌어지는 것보다 빠르게
혀끝에 녹고 있는 비스킷보다 천천히
소리가 다가오고 있다

방 안에 그림자가 하나, 둘
소리의 주인은 하나, 둘, 셋……

소리는 소금쟁이 다리로 찻잔을 건너는 중이다
잠 못 이루던 우리가 거닐던 해안처럼
점을 찍는 발아래로 홍차가 끓어오른다

　　　이곳이 불에 타면 천장에서 비가 올 거야

방 안을 뿌옇게 뒤덮는 연기
그 사이로 파드득, 몸을 숨기는
날개가 커다란 철새들

나는 사람 말을 알게 된 이후 자주 부끄러웠다
누구도 기억하지 않는 시절을 모두가 지낸 계절이라 여

긴 나날들

견뎌 냈던 마음들을 뼛조각처럼 이어 붙일 때

연기의 휘청임조차 외롭다는 말로 느껴지는 날이면
매번 사람이 아니길 바랐다

사랑하는 일은 하나같이 초라했다
한심하고 하나도 아름답지 않았다

겨울은 왜 이리 어둠을 일찍 데리고 오는가
잠이 오지 않는 날마다 원을 그렸고
벽은 금방 늙은 나무가 되었다

끝은 끝끝내 보지 못했는데

손안에 컵이 점점 뜨거워진다
찻잔을 건넌 소리가 가슴팍을 기어오르고

귓속에 비듬처럼 남아 있던 말들이 몸에 힘을 준다
그들은 오래 살아서 무엇이든 잘 알고

자꾸 무언가 보인다고 했다

교회 꼭대기 까마귀 울음에도
허무는 건물 소리 안에서도
멈춰 있던 눈동자는 아직 닿지 않은 소리에
행성처럼 혼자 구르며

달그락,

이제 나는 피투성이 말들을 받아들일 준비를 한다
오래전 두려움을 잊었다는
낡은 거짓말을 중얼거리며
창을 넘는 한밤의 눈 소리를 생각하며

순간
아직 닿지 않은 울림에
빛이 지나치는데

눈을 서서히 뜨면
툭, 몸이 울렸다

가슴을 쓸어내리고
다시 툭, 하고 울리면
오랫동안 배를 쓰다듬고

입을 연다
곤충의 날갯소리를 내기 위해서

백색소음

밝아져 오는 새벽
창문을 보았다

블라인드 사이사이에
내가 끼어 있다
틈에 사는 그들이
아니, 수많은 내가
여러 가지 얼굴로 나를 바라본다

"그렇게 넋 놓고 있다간 큰일 나"

내 눈높이에 있던 내가
몸을 길게 펴며 말했다

그 간격으로

한 줄기 햇빛이 얼굴 가득 비친다
방 안에 수많은 웃음소리들이
가득 퍼졌다

감당하기엔
너무 밝은 간격이었다

역사

―안국사(安國祠) 오르는 길

지난밤 가을비가 지나간 사이
이삿짐센터 앞 키스하는 아이 석상 머리가 날아갔다

키스하다가 목이 날아간 기분을 아세요?

석상이 빈속으로 흙냄새를 풍겨 오고
나는 소간을 퍼 올린 것 같은
아이의 벽돌색 입술을 기억해 낸다

성물 가게에선 벽돌색을 쓰지 않아
연한 선홍빛을 쓰지 갓 태어난 것처럼
부벼진 곳 없는 입술, 태어나 혼자 살아가는 색

바닥에 흩어진 묵주와 성화 액자들을 헤치며
매일 석상 앞을 지나는 노인의 등에선
하루가 다르게 빈손이 자라났다

어깨춤을 추며 내려오는
장군신 앞 향냄새

아이들은 천사나 마리아가 아니라
낡은 여닫이 장롱과는 다른 이것을 돋아나는 날개라 짐
작했다

어떤 기억이나 오래된 믿음은
살아서 잊혀지는 동안
죽은 것이라도 품어야 잠이 온다고

옅은 불 내에
호흡은 점점 무거워지고

오래된 소나무 사이에 거미줄이
너덜너덜한 유적이 되어 흔들린다

손을 맞잡은
아이들의 목 안으로
밤이 차오른다

선인장

고백을 잊은 입술이 바싹 마른다
입술 위로 혀가 스칠 때마다
십일월의 햇빛은 느릿느릿 가시를 뻗었다

한 사람과 마음으로 이별한 이후, 내가 사는 곳은 사막이
되고 있었다
겨울밤이 창을 넘을 때마다 하나씩 늘어나는 모래언덕

마른기침이 자라는 입 주변으로
하얗게 미적이는 하루

그 하루를 먹으며
몸 안에 물길은 자꾸만 커져 갔다

물길이 자라나며
점점 커져 가는 물소리

(잘됐다. 그동안 내 숨소리를 듣는 게 고역이었는데.)

소리는 옥상 쪽으로 향해 있었다

소리를 따라 옥상 담벼락에 오르면
천둥 위에 서 있는 것 같았다

몸 부수는 소리에 상관없이
건물 위로 부서지는 빛은
무심해서 비참했다

울음에 속지 않기 위해 눈과 입을 벌린다
크게, 더 크게 힘을 주면
숨쉬기에 조금 나았다

목 안에 어떤 말이 바람과 부딪히며
눈 속이 겨울 호수처럼 바싹 말라 가고

몸이 차가워지면 잠이 온다
정면으로 해를 바라보다가 눈을 감으면
빛무덤 안에 타오르는 당신이 보였다

무덤 앞에 다가가 바늘이 가득 자란 혀로
내 말이 가시가 되면 어쩌나 물어보고

당신은 가만히 누워 말이 없다

당신은
몸 곳곳으로
액체 같은 걸 흘렸던가

우울한 봄

우리 안에 휩쓸리지 않는 먼지가 있어
비가 그친 오후는 허리가 길어지도록
밤을 안지 못한다

틈만 나면 벌어진 틈으로
만남이니 이별이니 붕 뜬 이야기를 하는 애나
오해와 소문이 되어 구천을 떠도는 애나

안줏거리처럼 뒤범벅되고 나면
별반 다를 것이 없었다

뼈 없는 생명의 살갗은
맵고 서럽다

물무늬를 따라 날아가는
참새, 들새, 황새, 수리……
온갖 날개들

　　너는
　　그렇게 반짝이니까

자꾸 살점을 떼어 가지

울면서 보낸 한 계절
털어놓지 못한 우리가 모이면
숨 쉬는 건 자주 담배 같았다

독 같은 사랑을 했고
모독은 즐거웠다

숨을 쉴 때마다 생겨나는 안개
또 구름을 만들어 볼까?
우리 또 다 잊은 것처럼

피가 끓어서
잠을 이루지 못하고

파도의 힘을 빌려
밤을 밀어내면서
머리카락을 적시며

계속
폐 속에 모래를 털어 내는데

비가 다녀간 후에도
세상은 계속 흐렸다
바닥에 고인 물의 뿌리들이
입을 벌린다

나를 바쁘게 피해 가며
게워 낸 속 주변으로
까맣게 몰려드는 비둘기 떼

몸 하나만으로는
길짐승의 배도 채워 주지 못하는
지저분한 청춘이었다

회귀

문 앞에 서 있는 그가
문을 두드린다

      암호를 말하라

낮고 작은 목소리로
안쪽에서 누군가 말한다

그는 손으로 입을 한참 매만지다가
손바닥으로 입술을 감싼다
그리고 반대편 손으로 다시 문을 두드린다

        말하라

또다시 낮고 작은 목소리가 안쪽에서 들려오고
그는 한 발짝 물러나 양손으로 입을 감싼 채
서서히 입을 열었다

그는 계속 번복하였다

그의 등이 완전히 굽을 때쯤
소리 없이
문이 열렸다

다면체

    감정은 글자도 아니고 기호도 아니며 네 머리와 마음과
몸에도 없다 그걸 어떻게 알았냐 하면 봄바람 따라 한낮
에 대신(大神)이 잠든 사당에 올라 향을 피우고 쉬어 갈까
계단에 앉아 있다가 산새 소리에 아득해지더니 그만……
머릿속에 얼음 조각이 달칵, 움직이고, 내 잠을 매개로 신
이 커다란 눈을 움직인다 오랜 기다림 끝에 내가 너와 마
주하니 너는 나를 의심 없이 믿고 사랑하라 신이 내 영(靈)
을 이끈 곳은 사당 뒤편 인간의 감정을 모아 놓은 비밀의
방문을 열자 그 안에는 낮게 깔린 빛과 거대한 다면체 더
미가 있었다 뒷목을 스치며 들어오는 바람 너울 산 사람
과 죽은 사람의 것이 뒤섞이며 달칵, 소리가 낮게 퍼졌다
신은 사람은 살아가는 동안 일정한 양의 감정만을 가진다
고 말했다 다 쓰지 못하고 죽을 수도 다 써 버린 채로 살아
갈 수도 있다고 그래서인지 대부분은 은은한 빛을 일정하
게 내었고 일부는 무슨 이유에서인지 방을 가득 채울 만
큼 발화하다가 서서히 바닥으로 사라지거나 빛을 잃은 다
면체의 형상으로 응축되기도 하였다 그들은 마치 빛을 지
닌 것처럼 오해되었다 때로는 죽은 자의 빛을 받고 산 자
의 흉내를 내는 묘한 형상이 있기도 하였다 문밖에 가만
히 서 있던 나는 홀린 사람처럼 발을 딛는다 문을 넘으려

는 내게 신은 인간의 것을 모아 놓은 함짓방에 들어갔다
간 다시 돌아갈 수 없을 것이라 말했다 그렇다면 내 감정
은 어디에 있는 걸까 수많은 도형 앞에 내 것을 찾기란 어
려웠지만 그 세계 문턱에서 쭈그려 앉아 한참 들여다보니
후회나 그리움이나 저주도 결국 다면체의 일부인지라 언
젠가는 한 낱도 안 되는 바람결에 다시 돌아오기도 하고
아무것도 아닌 빈 면으로 구르기도 하는 것이었다

라지의 엄마

미정이가 엄마 욕을 한다

여름엔 더워서 속에 런닝구 입기 싫은데
자꾸 입으라 한다 답답허게

학원 수업 때 가슴 사이가 가려워
교복 속에 손을 넣다가
눈이 마주친 남자애 매일 뒤통수만 보았던 남자애

벌건 얼굴을 감싼 미정의 손톱이 까맣다
이것이 모두 엄마 때문이여
몍따는 소리에 방문이 놀라 삐그덕 열리고

미정이 엄마는 가는 눈으로 문턱에 걸터앉아
팡팡 우는 미정일 본다
이럴 때 누구 편을 들면 답이 없으니
미정이 떡진 머리 위로 올라가 사랑을 나누는 나방 한 쌍

미정이 엄마는 새끼를 사랑하고
낮에 아울렛에서 보았던

빳빳한 라지 사이즈 런닝구를 입은
마네킹을 생각한다

누렁이 무덤 위에 있던 잔풀이
바람도 없이 흔들린다

바가지탕

바가지탕에서 물을 펐는데
물고기 한 마리가 순식간에 사라진다

지워 버리려다가
정말로 기억 속에서 투명해진 사람이
물길을 스친다

귓가로 몰려드는 웅성임
돌아보면 물방울 떨어지는 소리만 들리고
아무도 없는데

고개를 돌려 탕에 손을 담그면
다시 귓가로 메아리 없는 소리가 모인다
물고기의 점액 때문인지
온몸이 미끌거려 오고

처음부터 다시 씻기 위해
가장 뜨겁고 습한 곳으로 향한다
"나는 외롭다" 중얼거리며

사라져 버린 자리에 앉아 본다

오래된 물이 바닥에 누워
누군가의 발뒤꿈치 더미를 안고
흙처럼
숨을 거둔다

제5부 영원히 잊지 않을게, 같은 말은 하지 않기로 하자

인간의 숲

네 속엔 뭐가 있는지 모르겠다, 당신이 말했지 담배도 없이 입김을 태울 수 있는 겨울 도심의 산책로에서

차라리 이곳이 우주였으면 좋겠다고 생각했다 단 한 번만 밀어내도 영원히 멀어질 테니 암흑 속으로 사라지는 당신을 바라보며 나는 함께 간 적 없는 바다를 떠올릴 텐데 섬보다 높은 바다 넘쳐오는 파도 바람 당신의 표정 잊어버리겠지 잊어버리고 그리워하겠지 후회할 새도 없이 혼자가 되겠지 커다란 점 같은 어둠 속에서 선도 되지 못하고

오래전 어둠 너머로 돌아간 네 형상을 상상하며
소리를 질러 보겠지 저 멀리
닿지 않는 메아리를 믿어야겠지

나무들은 거짓말을 한다 이 길을 지나면 원하는 곳으로 갈 수 있다고 등대인 척을 해 무릎을 스치는 덩굴 늘어 가는 생채기 거짓말을 하는 사람들은 왜 숲으로 도망칠까 숲에선 누구도 만날 수 없기 때문일까 진실로 소리를 쳐 봐도 마주하는 건 나 자신뿐 우리는 진정으로 타인이라 하나의 문장은 스치는 풍경조차 되지 못했다

배 속이 가렵다 거리에 떨어진 짝 잃은 장갑은 자주 죽은 들짐승 같지 그치만 그런 건 아무것도 아니야 이곳은 그저 커다란 별 거대한 나무 굵은 갈대 쏟아지는 강물 숲은 아니고 사람들이 많은 도시 이곳에 남은 건 다정을 모르는 당신과 오랫동안 사랑하는 일 방향도 없이 우리가 이렇게 걷다 보면 어둠을 어둠으로부터 밀어내듯 점점 빠져나올 수 없게 되겠다 늪도 뭍도 아닌 이곳에

수은

애인은 가난이라고 대답했다

그거 몸 안에 쌓인다던데, 하면
먼지라도 뒤집어쓴 듯
툭, 툭, 가볍게 밀어내는 미간

밥을 먹고, 이야기를 나누고, 하품할 때마다 마주치는
스스로 빛난 적 없지만 투명한 것이 휩쓸고 가면 반짝
이기도 하는

무심한 색깔

키스할 때마다 몸 안으로
은빛 물고기 떼가 쏟아지고

　　살다 보면 다들 가지게 되잖아
　　과학실에서 마신 공기에도 있고 약수터에서 떠
　　온 물에도……

우리는 염려나 안부를 외면한 채

언제나 다시 집으로 돌아온다

불을 켜 보니 낯선 사람들이 비밀 얘기를 하고 있었다
문제에 대해 이야기하고 있다고 손짓을 하는데

나는 두 눈을 마주 보며
숨기고 싶었어, 말하게 되고

미래에게

상담이 끝났니?
다른 치료를 받고 있니, 아니면
오랫동안 그래 왔듯이
견뎌 내면서 살아가고 있니

.

저번 주에는 우도에 다녀왔다
바다는 섬보다 높은 것 같더라
해안 도로 아래로 새카만 절벽이 부서지고
그 너머 하늘 반 토막쯤에서

흔들리고 있었어, 파랗고 까만 장막이
파도는 점점 우리 쪽으로 밀려오고

저 장막이 걷히면
무언가 시작하는 걸까
모든 게 끝나는 걸까

무서운 꿈을 이불로 덮어놓듯

눈을 감고 계속 달렸다

섬 안이라
처음으로 돌아오게 될 것을 알면서

.

물보라와 모래가 뒤섞이는 풍경을 보고 난 뒤로
이제 정말 끝인 것만 같다고 생각했다
살아가는 일에 흥미를 잃었지만
돌아갈 곳은 너무나도 거대하니까

돌아가면 우리는 무엇이 될까
그 무엇도 아니게 된다면?

바다가 보이는 숙소에서
꿈을 꿨다 꿈꾸지 않으면 만날 수 없는
당신을 만났다 묻고 싶었다
그거 내내 졸린 건가요?

대답을 듣고 싶었지만
당신의 입속에서 바다가 쏟아졌고
발목엔 온갖 해조류들이 휘감겼다

떠난 자는 항상 대답이 없었다
무심하게도

.

처음 길에 누워 본 날을 기억한다
또래 아이들과 놀다가
갈증이 나서 물 한 잔 마시고 내려가던 계단

그날은 왠지 꼭대기에서 뛰어내려도
편해질 것 같았다
이상하게 기운이 넘치는 날이었다
어린 몸이 감당할 수 없을 만큼

당연히 충계를 굴렀고
하늘과 계단이 번갈아 가며 보이는 동안

몸이 차가워지면서
팔과 다리가 엉망이 되어 가는 내내
생각했다

잠시나마 공중에 떠올랐던 찰나를

...

이 글을 쓰는 내내
몇 번이고 잠이 들었다

슬퍼할 새도 없이 사라지겠구나
사라지는 건 편해진다는 것일까

...

이곳은 오랫동안 추운 방
새벽 해보다 먼저 밝아진 창가로
까마귀들이 몰려든다

살아가는 동안 너무 어두워지면
방 안은 수술실이 된다
조용히 칼날을 세워 몸을 해부한다
어느 날은 낯선 그늘들이 일렁였고
어떤 날은 다 타 버린 재만 가득했다

몸과 헐거워진 영혼을 붙잡고 울었다
나는 어디에서도 주인이 아니었다

견디기 어려웠다
몸에 기생하며 살고 있다는 게

편지

오늘은, 이라는 시작이 싫어. 어떤 날을 적어야 할 때 매번 쓰는 서두이지만, 오늘, 이라는 말은 항상 사라지는 거잖아. 시간을 나란히 하는 말들. 오늘 있잖아, 어제는 말이야, 지금 하고 있어, 방금 들은 이야기인데……
같은 건 계속 사라져 가고

자고 일어나면 새로 태어난다는 이야기를 믿고 있어. 이어진 기억만 공유할 뿐, 매일 다른 영혼이 들어온대. 기억이 피고 지는 이유. 없던 기억이 자라는 이유. 꿈을 꾸는 이유. 바통을 넘겨받은 영혼이 잠들지 못하는 이유. 지금, 오늘, 아니, 앞으로의 언젠가까지.

몸은 오랫동안 멈추지 못하고 있어. 매일의 나를 믿지 않아. 아직 오지 않은, 내일이라는 말만 믿기로 한다. 이 글을 읽고 있는 네가 내가 아니더라도, 내일은 아직 오지 않은 무언가일 테니. 이제 겨우 같은 것을 가리키게 되었다.

영원히 잊지 않을게, 같은 말은
하지 않기로 하자

감각의 현시와 다중 초점의 풍경들

이찬(문학평론가)

충격 체험과 절망의 리듬

이세화의 첫 시집 『허물어지는 마음이 어디론가 흐르듯』은 "흔한 등짝을 가진 네겐/그 어떤 위로도 해 줄 수가 없구나"(「말씀」) 같은 이미지로 표상될 수 있을 제 실존의 충격 체험(Erlebnis)을 산산이 부서진 파편 조각의 형상으로 드러낸다. 이는 우리들이 살아가는 현대 세계의 물신주의 풍속에선 그 누구라도 겪어 낼 수밖에 없을 공통된 내면성의 벡터에서 오는 것이겠지만, 시인이 제 온몸으로 앓았으리라 짐작되는 각별한 체험들과 마음결의 뒤척거림으로 절실하면서도 둔중한 절망의 깊이를 얻는다. 이 시집이 품은 독특한 감응(感應)의 힘과 섬세한 감수성의 밀도 역시, 마치 말 없는 아우성처럼 격렬한 침묵으로 응집되어 있는 듯 보인다. 어쩌면 시인의 한복판을 꿰뚫고 지나갔을, 저 절망의 리듬감이란 현대 세계가 가속화시키는 연속적 경험

(Erfahrung)의 단절과 파편화 현상, 곧 타인들과 더불어 삶의 제반 양상들을 공유하지 못하고 그저 일회적인 것인마냥 스쳐 지나가는 우리 모두의 체험 구조에서 오는 것인지도 모른다.

우리는 염려나 안부를 외면한 채
언제나 다시 집으로 돌아온다

불을 켜 보니 낯선 사람들이 비밀 얘기를 하고 있었다
문제에 대해 이야거하고 있다고 손짓을 하는데

나는 두 눈을 마주 보며
숨기고 싶었어, 말하게 되고

―「수은」 부분

그렇다. 시인이 나지막한 목소리로 읊조리고 있는 것처럼, 현대인들의 나날의 삶을 꼴 짓는 것은 "염려나 안부" 같은 인간적 표상이 아닐 것이다. 도리어 "염려나 안부를 외면한 채/언제나 다시 집으로 돌아온다"라는 이미지에 휘감긴 형식적 겉치레이자 금전적 거래 관계 같은 것에 불과할 것이다. 이른바 돈으로 표상되는 교환가치의 추구와 탐닉이 우리 삶의 과정이자 목적 그 자체가 될 때, "염려나 안부"로 집약되는 인간적 교감과 유대 관계의 상징이란 변두리로 쫓겨날 수밖에 없으며, "외면"당할 수밖에 없는 것이기 때문이다. 따라서 "비밀 얘기" "숨기고 싶었어" 같은 시어들이 응집하고 있는 저 은닉의 이미지란 복잡하게 뒤얽힌 진실들이 가려지고, 그저 말쑥한 겉모양새로 비틀어진 세상의 통념과 소문들이 기정사실인 양 둔갑하게 되는 미시 권력들의 폭주와 집단 담론의 왜곡 현상들을 설핏한 그림자처럼 암시하고 있는 듯 보인다.

「수은」 끝자락에 놓인 "나는 두 눈을 마주 보며/숨기고 싶었어, 말하게 되고" 같은 형상들에 또렷한 형세로 움터 오른 것처럼, 이 시집의 느낌과 분위기를 조율하는 이미지의 핵이자 감응의 비등점(沸騰點)으로 들어박힌 것은 타인들과의 참된 대화가 불가능하다는 소통의 절망감이자, 왜소하게 조각난 개인성에 대한 통절한 자각이다. 가령 "흔한 등짝을 가진 네겐/그 어떤 위로도 해 줄 수가 없구나"(「말씀」), "용서할 수 없다면서 너는/왜 이렇게 친절한 거야/입을 가리고 웃는다"(「신기루」), "휘어지듯 자라나 마음이 마음대로 되지 않는 일/슬픈 팔을 휘두르며 희망을 반복하는 일"(「부정교합」), "술잔 위에 머무는 겹겹의 원형들/당신은 아는 게 많아서 외롭지"(「플라스틱 러브」), "몸과 헐거워진 영혼을 붙잡고 울었다/나는 어디에서도 주인이 아니었다"(「미래에게」) 같은 구절들에 주름진 저 끔찍한 실존적 체험의 상황들을 떠올려 보라.

나아가 시인이 "살아가는 동안 너무 어두워지면/방 안은 수술실이 된다/조용히 칼날을 세워 몸을 해부한다/어느 날은 낯선 그늘들이 일렁였고/어떤 날은 다 타 버린 재만 가득했다"(「미래에게」)라고 제 실존의 맨 얼굴을 노출할 때, 그렇게 될 수밖에 없었을 어떤 운명의 벡터를 뒤따라 보라. 또한 그것으로 날아든 갖가지 사건들의 숱한 곡절을 마주해 보라. 아니, 「미래에게」라는 제목의 시를 쓰면서 "견디기 어려웠다/몸에 기생하며 살고 있다는 게"라는 지극한 불행의 이미지로 제 "미래" 전망을 어두운 색감으로 소묘하면서, 그 끝을 마무리할 수밖에 없었을 그 너덜너덜한 실존의 찢김 상태를 오랫동안 더듬어 보라.

그리하여, 시인이 "자고 일어나면 새로 태어난다는 이야기를 믿고 있어. 이어진 기억만 공유할 뿐, 매일 다른 영혼이 들어온대. 기억이 피고 지는 이유. 없던 기억이 자라는 이유. 꿈을 꾸는 이유. 바통을 넘겨받은 영혼이 잠들지 못하는 이유. 지금, 오늘, 아니, 앞으로의 언젠가까지"(「편지」)라고 제 삶의 모든 국면들로부터 훌쩍 날아오르고픈 간절한 소망을 읊조리게 된 그 마음의 자취를 뒤따라 보라. 아니, 저 불행과 괴로움의 계기적 매듭들을 단번에 지워 버릴 "이야기" 판타지를 꿈꿀 수밖에 없었을 시인의 내면적 몸부림을 온몸으로 느껴 보라. 이 과정이 마치 손에 잡힐 듯 생생하게 느껴진다면, 그대는 이세화 시집의 살(la chair)을 이미 절반쯤 헤집어 본 셈이리라.

진실의 왜곡과 말할 수 없는 자의 윤리
『허물어지는 마음이 어디론가 흐르듯』의 곳곳에서 발견되는 절망과 비관의 이미지는 집단 담론의 강력한 미시적

은폐 작용과 더불어 그 조각난 진실들의 왜곡 현상, 나아가 이를 바깥으로 토로할 수 없게 만드는 겹겹의 억압 구조에서 비롯하는 것처럼 보인다. 이는 한편으로 시인이 겪었을 심각한 체험의 무게만큼 제 감정의 굴곡들을 마음껏 내지르지 못하도록 강제하는 구조적 조건을 부여할 뿐만 아니라, 시집의 안팎을 이중 구속의 굴레에 들씌워지게 만든다.

그럼에도 불구하고, 이 시집은 저 몸서리치는 이중 구속의 딜레마를 예술적 절제력으로 뒤바꿔 놓는다. 그리고 그 마디마디에서 웅숭깊은 신비의 공간들을 새롭게 창출하는 예술적 성취를 이룬다. 시인이 감당해야만 했을 갖은 부조리 체험들에 비례하는 강력한 정서적 폭발력이 나타나지 않을 뿐더러, 시인 제 자신이 확신하고 있는 진실들마저도 다중 초점의 시선으로 되짚어 보려는 복합성의 이미저리가 그물처럼 드넓게 펼쳐져 있기 때문이리라. 또한 이 그물코의 마디마디에는 그 누구도 쉽게 뚫어 버릴 수 없을 무수한 사람들의 서로 다른 여럿의 진실들이 아우성치고 있는 것이 틀림없기에.

입을 벌렸다가
입을 다물었다가
혀를 내밀었다가
말아 넣었다가

말을 하기 위해서가 아니라

무게만큼이나 짓눌리는 액체의 부력을
친화적으로 견뎌 내기 위해서

—「기질」 부분

그 목소리는
물에 가까워지는 중이에요
바다가 꿈인 나와 닮았죠
하지만 내 안엔 마른 모래만 가득해
목 안에서는 하얗게 질린
고래가 죽어 가요

—「경계」 부분

남몰래 하는 건 다 습관이다
혼자 있는 방에서 말이 많아지는 것도
초침처럼 벽에 머리를 박는 것도
웃는 것도 우는 것도

참으면 병이 된다며
혼자 끙끙 앓지 말고
다 털어놓으라 하는데
사각거리는 연필 끝에 말했다

저는 괜찮습니다
이제 그만 쓰세요

연필 끝이 점점 닳아요

—「상담 시간」 부분

　인용 시편들은 말할 수 없는 고통, 고백의 불가능성과 침묵의 억압적 강제력을 알레고리 문법을 활용하여 암시적으로 드러낸다. 특히 "입을 벌렸다가/입을 다물었다가/혀를 내밀었다가/말아 넣었다가" 같은 「기질」의 심상들은 시인의 밑바닥에서 용솟음치는 황폐한 진실의 잔혹성을 발가벗겨 드러내고픈 간곡한 욕망을 나타내면서도, 이를 다시 진중하게 가라앉힐 수밖에 없었을 억압적 상황과 조건들을 암시한다. 나아가 「경계」에 등장하는 "내 안엔 마른 모래만 가득해/목 안에서는 하얗게 질린/고래가 죽어 가요"라는 구절이나, 「상담 시간」에 나타난 "참으면 병이 된다며/혼자 끙끙 앓지 말고/다 털어놓으라 하는데/사각거리는 연필 끝에 말했다" 같은 이미지들 역시, 침묵할 수밖에 없는 현실적 조건과 발설하고 싶은 욕망의 극한 사이에서 매번 거듭하여 몸부림칠 수밖에 없었을 격렬한 마음의 소용돌이, 그 실존의 괴로움을 도드라진 필법으로 아로새긴다.

　「기질」에 나타난 "말을 하기 위해서가 아니라/무게만큼이나 짓눌리는 액체의 부력을/친화적으로 견뎌 내기 위해서"라는 구절에 깃든 강제된 침묵과 더불어 이를 고스란히 인내하는 과정에서 생겨났을 자폐적인 마음의 상흔들을 보라. 또한 「경계」의 거죽으로 솟아오른 "목 안에서는 하얗게 질린/고래가 죽어 가"는 형상이나, 「상담 시간」의 "연필 끝이 점점 닮아" 가는 작은 무늬에 깃든 "말을 하"지 못하는 고통의 절규와 고백조차 불가능케 하는 강력한 구조적 억압의 힘과 뉘앙스를 온몸으로 느껴 보라.

그렇다. 인용 시편들은 이원(二元) 대립적 이미지들의 현란한 엇갈림을 제 예술적 구도의 중핵으로 삼고 있는 셈이며, "말을 하기 위해서"로 표상되는 고백과 발설의 이미지와 더불어, "친화적으로 견뎌 내기 위해서"로 축약되는 침묵과 인내의 이미지를 동일하게 반복-변주하고 있는 것이리라. 이 두 계열의 이미지들은 「경계」에선 "목소리"와 "하얗게 질린/고래"로, 「상담 시간」에선 "다 털어놓으라"와 "참으면 병이 된다며" 같은 형상들로 반복-변주되면서, 발설의 욕망과 침묵의 강제 사이에서 서로를 견인하는 힘과 긴장의 미학을 낳는다. 또한 이 힘과 긴장 역시, 시인이 체험한 이중 구속의 곤혹스러움 또는 이원 대립적 상황 구조에 매번 붙들릴 수밖에 없을 그녀의 태생적인 "기질"에서 비롯하는 것인지도 모른다.

그러나 시인은 제 실존의 살에 드리워진 저 이중 구속의 난경 상태를 하이데거의 「예술 작품의 근원」을 전유하여 김수영이 설파하고자 했던 '힘으로서의 시의 존재', 곧 '세계의 개진'과 '대지의 은폐' 사이의 길항 관계로 '시의 존재'를 가늠해 보려 했던 그의 '미학적 사상'과 동궤의 맥락으로 뒤바꿔 놓는다. 이는 비록 주도면밀한 시작법이나 정교한 예술적 짜임 관계에서 비롯하는 것은 아닐지라도, 이세화라는 한 사람이 체험할 수밖에 없었을 지독한 실존의 딜레마,

그 섬뜩한 양가감정(ambivalence)을 필사적으로 넘어서려는 고투(苦鬪)의 자리에서 휘날려오는 값비싼 대가일 것이다. 아니, 그야말로 값비싼 대가로써 시인이 얻게 된 창조적 직관이자 예술적 영감 같은 것이리라.

시인이 펼쳐 놓는 개진과 은폐의 길항 관계, 그 방법론적 장치로서의 힘과 긴장의 미학은 다른 한편으로 파울 클레가 현대 미학의 첨단의 문제틀(problématique)로 제시했던 '보이지 않는 것의 현시'라는 방법론과 연동되어 있는 것처럼 보인다. 가령 "잘 보이지 않는 모습과/잘 들리지 않는 말이 있었지만"(「속기」), "이미 일어난 일을/숨기는 것과 보여 주는 것의 차이라고"(「뉴페이스」), "삶을 놓아 버린 사람에게/대화는 중요하지 않았다/도대체 뭐가 괜찮은 건데, 같은 말은/배 속에서/산산이 찢어 두기로 한다"(「과조」), "오래전 어둠 너머로 돌아간 네 형상을 상상하며/소리를 질러 보겠지 저 멀리/닿지 않는 메아리를 믿어야겠지"(「인간의 숲」) 같은 이미지들을 다시 떠올려 보라.

『감각의 논리』에서 들뢰즈가 '어떻게 비가시적인 힘들을 가시적으로 만들 수 있는가?'라는 의문을 제기했던 것처럼, 이 시집에서 빈번하게 활용되고 있는 낯설고 특이한 문법 가운데 하나는 "잘 보이지 않는 모습과/잘 들리지 않는 말"로 표상될 수 있을 듯하다. 이는 비감각적인 것들을 거죽 위로 끌어올려 마치 감각적인 형상들처럼 돋아나게 만드는 예술적 방법론 또는 현시의 미학이 이 시집의 중심부를 가로지르고 있다는 것을 뜻한다. 달리 말해, 이세화의 여러 시편들엔 감각이란 통상적인 방식으로는 결코 감각되지 않는 것들을 감각해야 하는 역설적 과정 자체를 가리킨다고 진술한 들뢰즈의 감각론으로 수렴될 수 있는 이미지 조각술과 미학적 구도가 관통하고 있다는 것이다.

가령 「뉴페이스」에서 엿보이는 사실과 진실 사이에 놓인 은폐와 탈은폐의 함수관계, 「과조」에 등장하는 "같은 말은/배 속에서/산산이 찢어 두기로 한다"에 깃든 말과 진실의 파편화 현상, 「인간의 숲」에 나타난 "어둠 너머로 돌아간 네 형상"과 "닿지 않는 메아리" 같은 이미지들을 보라. 이들이 함께 드리우고 있는 비감각적인 것들의 감각적인 형상화라는 방법론과 미학적 구도 역시 들뢰즈의 감각론과 동일한 맥락을 이룬다는 것을 곧장 깨달을 수 있을 것이다. 이 시집 곳곳에서 산견되는 질병과 장애의 이미지들 역시 '보이지 않는 것의 현시', 또는 '비감각적인 것의 감각화'로 축약될 수 있을 현대 미학의 임계점과 연접되어 있는 것처럼 보인다.

아니다. "안과는 마음을 치료하는 곳이 아니라/다 털어놓을 수는 없었지만/그동안 내 안쪽에는 알게 모르게/좋지 못한 것이 고여 있던 거야"(「안구건조증」), "보이지 않는 눈을 더 멀어 버리게 하려고 열심히 빛을 굴절시키고 있는 손가락보다 두꺼운 안경알이 오늘따라 멋져 보이고"(「대결」), "이 세계와 풍경을 견디지 마라/죄는 눈먼 바람을 따라 유목하는/다리가 긴 짐승이다"(「처음으로 나를 사랑하기 위해서였다」), "씨 없는 처녀땅은//살꽃 한번 못 피우고//흉터 같은 그늘만 솟아난다//떠돌이 여자의 몸이고 싶다"(「꽃자리」) 같은 알레고리 형상들을 보라.

그리하여, 이와 같은 질병과 장애의 이미지들을 빚어내도록 강제했을 뿐만 아니라, 제 실존의 비밀스런 맥락들로 인해 정상적인 사회관계조차도 매우 힘겨웠을 시인의 곡진한 체험들을 가슴으로 상상해 보라. 나아가 저 이미지들이 시인이 겪은 가공할 만한 체험에 얼룩진 세상의 위선과 더불어, 이른바 공적 담론에 깃들인 이데올로기적 허위의식을 진실의 법정 위로 소환할 수 없으리라는 절망감에서 온다는 사실을 다시 되짚어 보라. 이들은 결국 시인의 내면이 품을 수밖에 없었을 불구와 장애 상태가 우화적 기법으로 표현될 것일 수밖에 없기 때문이리라.

그러나 "뼈 없는 생명의 살갗은/맵고 서럽다"(「우울한 봄」), "지워 버리려다가/정말로 기억 속에서 투명해진 사람이/물길을 스친다"(「바가지탕」) 같은 구절들이 선명하게 말해 주는 것처럼, 시인은 저 황폐한 진실들을 토로하거나 발설하지 못하는 제 자신의 처지와 상황을 실존적 장애 또는 신체적 불구 상태에 가까운 것으로 호명하고 있을 뿐더러, 이를 감각적 차원의 결손을 드러내는 이미지들로 치환할 수 있는 방법론적 직관을 거머쥐고 있는 것처럼 보인다. 이 결손의 이미지들은 물론 시인의 실존 자체가 머금은 흉터의 흔적일 것이 자명하지만, 그 뒷면에선 비가시적이고 비감각적인 것들을 가시적인 감각들과 형상들로 틔워 올리는 시작법의 통찰로 개화(開花)화고 있는 것이 틀림없기에.

다중 초점의 풍경과 공실존의 감각들

서로 귓바퀴를 만지며 젖어 가는
연인들의 대화를 뒤로한 채 걸었다

골목 끝에는 나보다 큰 무화과 열매가 자라나고 있었다
손가락처럼 얇은 뱀 그림자가 발등을 지나고

손끝이 까맣게 익어 가는 오늘은
다 자란 문장이 훨훨 날아가 버리는
어떤 날과는 다르다

앙상한 개가 다가와
오랫동안 손을 핥아 주었지만

이것은 약이 될 수 없고
봄과 어울리지도 않는다

그저
풍경을 믿는 수밖에
　　　　　　　　　　　　　　　—「오늘의 풍경」 부분

'보이지 않는 것의 현시'로 요약될 수 있을 『허물어지는
마음이 어디론가 흐르듯』의 비표상적 이미지 조각술과 그

미학적 방법론의 세부 장치들은 우선 서술 주체의 다중 초점으로 구현되고 있는 듯 보인다. 시집을 관류하는 여러 겹의 초점들은 작품 내부에서뿐만 아니라, 시편과 시편 사이에 걸쳐 있는 유사 이미지들의 배열과 그 관계의 그물에 있어서도, 일반적인 서정의 작법 원리와는 다르게 작동하는 듯 보인다. 곧 원심력(遠心力)과 환유적 언어를 주축으로 삼는 시적 언어의 구조 원리를 보여 준다는 것이다. 이와 같은 측면들은 이 시집의 주요 작품들이 은유와 명사와 이미지들의 구심력으로 축조되는 서정의 시적 전통을 뒤따르기보다는, 도리어 환유와 동사와 이미지의 원심력을 제 예술적 짜임 관계의 원천으로 삼고 있다는 사실을 가리킨다.

가령 「오늘의 풍경」의 거죽을 채우고 있는 "귓바퀴" "연인들의 대화" "골목" "무화과 열매" "손가락" "뱀 그림자" "손끝" "오늘" "문장" "날" "개" "손" "약" "봄" 같은 시어들을 보라. 이들은 모두 명사가 분명하지만, 시인이 설정한 그 어떤 사유와 감정과 가치에 도달하기 위한 단일한 의미의 축을 구성하지 않는다. 이 시편에서 의미화의 지배권을 행사하는 것은 "만지며 젖어 가는" "걸었다" "자라나고 있었다" "지나고" "익어 가는" "날아가 버리는" "다가와" "될 수 없고" "어울리지도 않는다" "믿는 수밖에" 같은 동사의 활용형들이라는 사실에 주목할 필요가 있을 듯하다. 이 사실은 「오늘의 풍경」이 시인이 설정한 어떤 특정한 사유와 감정과 가치로 그 모든 시어들과 사물들을 빨아들이는 단일한 위계화의 중심을 만드는 것이 아니라, 그들 각각이 제

나름의 의미들을 자율적으로 개진하면서 여타의 것들과 나란히 공존하거나 병렬될 수 있는 환유적 개방성의 공간을 창안하고 있다는 것을 의미한다.

이렇듯 「오늘의 풍경」의 느낌과 분위기를 마름질하는 초점화의 중핵이 명사가 아닌 동사로 전환될 수밖에 없는 까닭 역시, 저 오래된 서정의 시적 전통을 추종하지 않는 자리에서 온다. 그것은 특정한 의미화의 초점으로 여러 명사들을 빠짐없이 수렴하여 이들을 한낱 대체 관념이나 대체 사물로 전락시킬 수밖에 없을 서정의 은유적 언어 체계를 뒤따르지 않기 때문이다. 이 대목에서 오규원이 "명명하는 사고의 근본인 은유적 사고의 축을 버리고 그리고 그 언어도 이차적으로 두고"(『날이미지와 시』) 같은 술어들로 '날이미지'의 핵심을 간추렸던 장면을 다시 떠올려 볼 필요가 있을 것이다. 아니, 「오늘의 풍경」에서 볼 수 있듯, 감각과 풍경을 오브제의 중핵으로 삼고 있는 이세화의 거의 모든 시편들이 은유적 사고의 테두리를 벗어난 자리에서 제 예술적 광휘를 유감없이 뿜어낸다는 사실을 다시 섬세하게 음미해 보라.

이와 같은 사실은 이세화의 몇몇 시편들이 은유적 명명법의 순환 체계와 명사적 대체 관념의 구심적 회로를 탈피해 있을 뿐더러, 환유적 사고와 동사 중심의 언술과 묘사를 주축으로 삼는 수사법의 최대치를 활용하고 있다는 것을 암시한다. 달리 말해, 시적 화자의 단일한 시점과 목소리가 아니라, 도리어 이를 둘러싸고 있는 무수한 사람과 사물과 풍경들이 저 시편들의 느낌과 분위기를 조율하는 일종의 미학적 장치로 기능하고 있다는 것이다. 따라서 시인은 2000년대 초반 한국문학에 새로운 활력을 불어넣으면서 한꺼번에 등장했던 젊은 시인들을 일컫는 말이기도 했던 '미래파'를 계승하고 있는 것인지도 모른다. 또한 '미래파'로 통칭되었던 당대 젊은 시인들 가운데서도, 특히 '다른 서정'이라는 새로운 미학적 슬로건에 동의하면서 시의 시점과 화법, 스타일과 이미지 배열 구조 등등의 거의 모든 형식 차원들의 실험에 매진했던 시인들의 작법 원리를 수용하고 있는 것이 자명해 보인다.

『허물어지는 마음이 어디론가 흐르듯』의 중심부를 이루는 여러 시편들은 일인칭 발화 주체의 권위적 진리를 흩어버리면서, 이에 필연적으로 부착될 수밖에 없을 나르시시즘적인 초점과 인간 중심적인 시선을 벗어나는 자리에서 제 예술적 방법론과 미학적 구도를 마련하기 때문이다. 이 시집의 몇몇 시편들에서 여러 갈래의 시점들이 혼재하면서 다중 초점의 문맥들이 나타날 뿐더러, 이를 통해 시의 평면에 깊이감이 부여되는 것 같은 느낌이 휘감겨 오는 것 역시 동일한 맥락에서 온다. 이 시집은 은유적 언어의 단일한 평면에 환유적 세계의 다채로운 깊이를 만들고자 했던 오규원의 '날이미지'와 더불어, 2000년대 '다른 서정'의 시작 방법론과 미학적 구도를 적극적으로 계승하고 변형하는 자리에서 제 스스로의 예술적 집과 문학적 살을 마련하기 때문이리라.

소리가 다가온다

입이 벌어지는 것보다 빠르게

혀끝에 녹고 있는 비스킷보다 천천히

소리가 다가오고 있다

방 안에 그림자가 하나, 둘

소리의 주인은 하나, 둘, 셋……

소리는 소금쟁이 다리로 찻잔을 건너는 중이다

잠 못 이루던 우리가 거닐던 해안처럼

점을 찍는 발아래로 홍차가 끓어오른다

—「만남」 부분

반 시든 장미가

정오의 바람을 맞으며 몸을 편다

꽃은 어제보다 조금 자라 있었다

뿌리를 잃은 지 이틀째지만

줄기가 여위도록 자라났다

　　이곳은 살아 있을 때와는 달라

　　있던 것들이 사라져도

　　아무도 아프지 않지

그것 참 다행이구나, 대답을 하며
천천히 병 안으로 들어간다

반투명 유리병 안으로
길고 얇은 빛이
통과하고 있다

병 안엔 어둠이 가득 차 있고
흔들리기도 하였다

소리 없는 이 풍경이 불편하면
물을 섞으면 되겠다

—「수채화」 부분

　「만남」에 등장하는 "소리" "혀끝" "그림자" 같은 시어들과
연관된 감각들을 상기해 보라. "소리"가 청각과 관계된 것
이라면, "혀끝"은 미각, "그림자"는 시각과 결부될 수밖에
없다는 것을 곧바로 인지할 수 있을 것이다. 이는 결국 이
세화의 시편들이 시각, 청각, 미각 등등의 특정한 감각기관
들로 분화되기 이전의 원초적인 감각, 들뢰즈가 신에스테
지아(synaesthesia)라고 불렀던 서로 다른 감각들을 혼용하
고 횡단할 수 있는 감각의 무한한 가능성과 그 잠재적 역량
의 최대치를 겨냥하고 있다는 사실을 넌지시 일러 준다. 아
니, '기관 없는 신체(corps sans organes)'라는 말로 널리 알려

진, 기성의 감각과 그 억압 체계로부터 자유롭게 해방된 원초적인 감각의 세계를 적극 도입하려 한다는 사실을 암시한다.

이러한 측면들은 「수채화」 「선인장」 같은 시편들에서도 고스란히 반복되어 나타나지만, 다소 상이한 이미지 스타일과 예술적 짜임 관계로 변형되고 있는 듯 보인다. 가령 「수채화」의 인용 구절 첫머리에 등장하는 "이곳은 살아 있을 때와는 달라"라는 이미지를 골똘하게 들여다보라. 이는 살아 있는 사람의 감각이 아니라, 어떤 영성의 존재가 느낄 수 있을 것 같은 감각의 착란 상태를 스케치하고 있는 것이 분명해 보인다. 또한 시인이 사후 세계를 발화할 수 있는 위상을 점유하고 있다는 사실을 염두에 두면, 이 시편이 전지적 작가 시점을 부분적으로 활용할 수밖에 없는 필연성의 구조를 쉽게 알아챌 수 있을 것이다.

이는 결국 「수채화」의 화자가 제 몸의 특정한 신체 기관에 부딪쳐 오는 감각 현상들을 기술하는 일인칭 주인공 시점의 위상을 거느리고 있는 것이 분명하지만, "이곳은 살아 있을 때와는 달라"라는 영성적 존재의 낯설고 신비스런 감각을 덧붙임으로써, 그 뒤를 잇따르는 이미지 계열 전체를 인간의 합리적 감각이나 추론의 범위를 넘어선 초감각적인 감각의 세계, 곧 신적인 영성의 감각들로 뒤바꿔 놓는다는 것을 의미한다. 물론 이 작품에서도 "빛" "어둠"으로 표상되는 시각과 더불어 "소리"라는 청각, "바람을 맞으며"라는 촉각 등등이 현란하게 엇갈리는 미분화된 원초적 감각

의 크로스오버 현상이 나타나는 것은 두말할 나위 없는 것
이겠지만.

현대 미학의 임계점과 공생의 비전

몸 부수는 소리에 상관없이
건물 위로 부서지는 빛은
무심해서 비참했다

울음에 속지 않기 위해 눈과 입을 벌린다
크게, 더 크게 힘을 주면
숨쉬기에 조금 나았다

목 안에 어떤 말이 바람과 부딪히며
눈 속이 겨울 호수처럼 바싹 말라 가고

몸이 차가워지면 잠이 온다
정면으로 해를 바라보다가 눈을 감으면
빛무덤 안에 타오르는 당신이 보였다

무덤 앞에 다가가 바늘이 가득 자란 혀로
내 말이 가시가 되면 어쩌나 물어보고

당신은 가만히 누워 말이 없다

당신은

몸 곳곳으로

액체 같은 걸 흘렸던가

—「선인장」 부분

    문밖에 가만히 서 있던 나는 홀린 사람처럼 발을 딛는다
문을 넘으려는 내게 신은 인간의 것을 모아 놓은 함짓방에
들어갔다간 다시 돌아갈 수 없을 것이라 말했다 그렇다면
내 감정은 어디에 있는 걸까 수많은 도형 앞에 내 것을 찾기
란 어려웠지만 그 세계 문턱에서 쭈그려 앉아 한참 들여다
보니 후회나 그리움이나 저주도 결국 다면체의 일부인지라
언젠가는 한 낱도 안 되는 바람결에 다시 돌아오기도 하고
아무것도 아닌 빈 면으로 구르기도 하는 것이었다

—「다면체」 부분

가슴팍을 벅벅 긁어도 그 감촉은

손가락 사이에 흘러 남았고

밤이 오면 그 무더기 안쪽에서

수많은 벌레들이 기어 나와

온몸을 헤집고 다니는 터에

사방으로 괴롭기도 하였다

그렇게나 사나운 계절이 가고

내 안에 온 세상 아래로

매운 꽃이 핀다

—「서정」부분

「선인장」이란 시편은 「만남」에서 선명한 형세로 나타났던 저 '신에스테지아', 또는 '기관 없는 신체'의 이미저리를 고스란히 견지하고 있으면서도, 「수채화」의 특이점으로 규정할 수 있을 영성적 존재와의 교감 상태를 매우 감각적인 표지들로 구상화하고 있는 듯 보인다. "빛" "울음" "혀" "말" "액체" 같은 시어들에서 이미 파악할 수 있는 것처럼, 이 작품 역시 시각, 청각, 미각, 촉각 등등으로 분화되고 특정화된 감각들을 마치 미분화된 하나의 원초적인 감각처럼 서로를 넘나들 수 있는 것으로 형상화하는 특징적 면모를 보여 준다. 또한 "무덤"의 형상에서 포착할 수 있듯, 이 시편 역시 「수채화」에 나타난 저 신적 영성의 존재와 교감을 이룬 듯 보이는 기이하고 신묘한 감각들을 펼쳐 놓는 특이점을 마련한다.

　특히 「선인장」의 한복판에 솟아오른 "빛무덤 안에 타오르는 당신"이나 "가만히 누워 말이 없"는 "당신"이 "몸 곳곳으로/액체 같은 걸 흘"리는 형상들을 곰곰이 뜯어보라. 이 형상들은 이세화의 시작법 원리가 애초부터 환유와 동사와 원심력으로 표상되는 형식 실험과 미학적 혁신을 넘어서는 자리를 겨냥하고 있음을 암시하고 있는 것처럼 보인다. 이들은 영매(靈媒)와 신기(神氣)라는 말로 일컬어지는 신적인 세계와 교감하는 것만 같은 연상 작용을 불러일으킬 뿐만 아니라, 이른바 접신술로 알려진 다른 영적 존재들과의 감각적 공유 상태를 현대 미학의 임계점과 연동된 것으로 만들어 놓고 있기에.

「다면체」의 "문을 넘으려는 내게 신은 인간의 것을 모아 놓은 함짓방에 들어갔다간 다시 돌아갈 수 없을 것이라 말했다"라는 구절에서 가장 도드라지게 드러나듯, 시인은 무속의 빙의 현상에 가까운 감각의 혼재 양상과 착란 상태를 '보이지 않는 것의 현시'로 집약되는 현대 미학의 첨단점을 구성하는 문제틀과 연접시키고 있는 것이 분명하다. 접신의 상태라는 것 역시, 보통 사람들에겐 보이지 않고 들리지 않고 만질 수 없는 감각이 불가능한 것이기 때문이다. 아니, 저 감각 가능한 것 너머에 존재할 비가시적이고 비감각적인 것을 형상화한다는 것 자체가, 이미 있는 대상을 재현하는 것이 아니라, 아직 세상에 드러나지 않은 미지의 것을 현시한다는 현대 미학의 첨단을 구성하는 문제틀과 합류할 수밖에 없는 것이기 때문이리라.

더 나아가, 「다면체」의 "그렇다면 내 감정은 어디에 있는 걸까" "후회나 그리움이나 저주도 결국 다면체의 일부인지라" 같은 구절들이 흩뿌려 놓는 묵시적 감응 효과들을 다시 온몸으로 감수해 보라. 이 시편이 선명하게 표상하는 것처럼, 이세화의 시는 서정적 일인칭의 확고부동한 "감정"이나 사유가 아니라, 도리어 이러한 일인칭 주체의 전면을 둘러싸고 있는 무수한 타자들, 그 "다면체"에 제 미학적 정수를 드리우고 있는 것이 분명하다. 또한 「서정」이란 시편의 제목과는 정반대로, 제 몸을 "헤집고 다니는" "수많은 벌레들"과 "내 안에 온 세상 아래로" 저토록 "매운 꽃이 핀다"는 황폐한 진실들과 정직하게 마주칠 수 있는 진리 주체의 윤리학적 면모들을 충실하게 갖추고 있는 것이 틀림없으리라.

이세화의 첫 시집 『허물어지는 마음이 어디론가 흐르듯』이 제 안팎을 에두르고 있는 "다면체", 곧 타자성에 관심을 기울인다는 것은 시인이 제 스스로에게 집중력을 쏟는 나르시시즘적인 서정을 선호하지도, 그것에 능숙하지도 않다는 사실을 반증하고 있는 셈이다. 따라서 마치 격렬한 침묵처럼 소리 없이 응집된 공생의 비전은, 시인의 시적 여정이 타자성의 탐구와 다중 초점의 감각과 진실들을 향해 나아갈 수밖에 없는 그 운명적 행로를 미리 예고하고 있는 것이리라. 아래 시편에 아로새겨진 "새파랗게 태어난" "네 식구들, 파란 식구들"이 내뿜는 저 산뜻하고 아름다운 생명의 아우라(Aura)처럼.

우리 집 거실에서 새파랗게 태어난
밤마다 우리 가족을 내려다보는
네 식구들, 파란 식구들

호흡은 파랗게,
더 파랗게 물들어 가고

나의 가난한 밤일은

손톱만 한 잔돌과
몇 마디 말을 주워 오는 것

네 뿌리 사이에 손가락을 넣어
깊숙이 찔러 넣는 것

하지만 아무도 죽어지지 않았다
갈 곳 없는 불쌍한 것 거두어 줬더니
흙구덩이를 파낸다며 고양이만 혼이 나고

네 허리춤 주변으로 작은 무덤만 늘어났다
그 모습을 보며 헤프게 웃었었지

산세베리아,
꽃을 피워 낸 산세베리아

산세베리아 푸른 발아래
손가락을 넣어
부서진 사랑니와 닮은
조각돌을 꺼내 본다

우리 집에서 너는
나보다 더 잘 자라는구나

—「화분」 부분